Tante Marraine

texte de
Patrick Vendamme

illustrations de
Martine Bourre

Castor Poche
Flammarion

ISBN : 2-08-162908-9 - ISSN : 0993-7897

Papa a une marraine. Ça me fait drôle de dire ça parce que moi je trouve que les marraines et les parrains, c'est bon quand on est petit ou presque grand, mais Papa... Bien sûr il n'est pas très vieux, mais quand même ! Enfin c'est comme ça !

Sa marraine est une vieille dame, grande, habillée tout en noir, avec un chapeau, qui vient nous voir tous les ans le premier dimanche d'avril. Je sais qu'elle habite dans l'Indre, près d'un "château roux".

On va la chercher à la gare, elle reste trois jours chez nous et puis hop ! elle s'en va. Papa dit qu'elle est toujours venue et que la famille de sa marraine a beaucoup aidé ses parents pendant la guerre.

Cette année, quand Tante-Marraine est arrivée (c'est comme ça qu'on l'appelle, ne me demandez pas pourquoi !), ça a bien failli être de nouveau la guerre, car il s'est produit un drame affreux. Ne riez pas, c'est vrai !

C'était donc le premier dimanche d'avril. On s'était tous levés plus tôt que les autres dimanches car Tante-Marraine arrivait par le train de 10 h 53.

Maman et moi (moi c'est Juliette) avons rangé ma chambre et changé les draps du lit. Tous les ans, je prête ma chambre et je dors par terre, dans celle de mon frère Jérôme. Puis Maman s'est installée dans la cuisine en demandant qu'on ne la dérange pas. Papa est allé donner un coup d'aspirateur dans la voiture.

Moi, après que mon frère eut bien voulu libérer la salle de bains, j'ai décidé de me "pimplocher" un petit coup. C'est Maman qui dit ça quand on est mal habillé et pas peigné : «Va te pimplocher !»

Je me suis fait un shampooing mais je n'ai pas osé me maquiller, comme une fois en cachette.

J'ai décidé de mettre mes boucles d'oreilles, les belles en or. (On m'a percé les oreilles quand j'étais petite, je me rappelle bien.) C'est Tante-Marraine qui me les avait offertes à mon baptême.

Et je me suis dit : «Elle sera contente de voir que je les porte.» J'ai sorti les boucles d'oreilles de leur boîte, je les ai posées sur la tablette du lavabo. J'en ai accroché une, j'ai pris la deuxième et là, catastrophe !! Elle m'a échappé des mains et est tombée dans le lavabo ! Dans le trou du lavabo.

J'ai crié :
– C'est pas vrai !... c'est pas vrai...

J'ai mis mon doigt dans le trou, rien.

Je suis sortie, je suis allée à la cuisine et j'ai annoncé :
– M'an, j'ai perdu ma boucle d'oreille...
– Hein ? pas une des belles, j'espère !
– Si, M'an.

Elle s'est essuyé les mains à son tablier et a dit :
– Eh bien ! cherche-la, ma fille, et en vitesse ! (Quand elle dit "ma fille" c'est mauvais signe.)
– Je sais où elle est, M'an, mais je ne peux pas l'attraper.

Et j'ai expliqué : la salle de bains, le lavabo, tout, quoi.

Ça devait être plus grave encore que je ne le croyais, car je ne me suis même pas fait gronder.

Maman m'a seulement dit :
– Appelle ton père, vite !

Il a fallu tout expliquer à Papa. Alors, il a regardé la pendule de la cuisine (il était 10 heures), et il est allé chercher sa boîte à outils en disant :

– On a juste le temps...

Et hop, sous le lavabo avec ses outils : «Crouic crouic». Moi, je passais les pinces, les clefs, comme une infirmière qui aide un chirurgien quand il opère : «Clef de 18. Non, 22. Bassin. Chiffon.» Et je tenais la lampe baladeuse pour que Papa puisse mieux voir.

Il a glissé un fil de fer dans le tuyau, mais rien, et l'heure qui tournait !... On était tous là, autour du lavabo à moitié démonté. Papa a dit :

– Rien à faire. Je sens bien quelque chose là, avec le fil de fer, mais c'est trop loin, il faudrait démonter tout le tuyau.

Il a ajouté en se lavant les mains dans le lavabo de ma chambre :
– Maintenant c'est l'heure, il faut aller à la gare. Ah là là, quelle histoire... Elle va drôlement râler, la tante-marraine.

Je me suis mise à pleurer.

Antonin a proposé :
– On n'a qu'à aller tirer deux boucles à 5 francs au *Tirlibibi des manèges* de la place du marché ! Elle ne verra pas la différence !

Maman,
malgré son air ennuyé,
a répondu qu'il faudrait être aveugle pour confondre un bijou en toc et une paire de boucles d'oreilles en or massif. Elle m'a coiffée d'une autre façon : les cheveux tout d'un côté (ça m'allait bien, d'ailleurs) et une seule oreille dégagée, celle avec la boucle, évidemment.

Et on est tous partis à la gare.

– Surtout ne secoue pas trop la tête, hein ! a dit Maman une fois sur le quai. C'est l'affaire de quelques heures.

Quelques heures...
J'essayais de calculer :
24 h+24 h+24 h = 72 heures !
72 heures sans sauter, sans courir, sans éternuer... c'était impossible !

Le train est arrivé, et Tante-Marraine est descendue avec ses deux valises et son parapluie.

– Bonjour, Tante-Marraine, tu as fait bon voyage ? a demandé Papa. C'est drôle, seul Papa lui dit "tu". Nous, on dit "vous", sauf Maman qui s'arrange pour dire ni "vous"
ni "tu"...

Elle m'a frictionné les cheveux en m'embrassant (elle pique un peu, Tante-Marraine) et j'ai eu très peur, mais Papa lui a pris ses valises et on est tous partis vers la voiture.

Jusqu'à la maison, j'étais tranquille, blottie à l'arrière entre Maman et Jérôme. Tante-Marraine était devant, à côté de Papa, et elle racontait son voyage, sa vie près de son "château roux". Enfin tout ce qu'on avait déjà entendu l'année dernière ! Sauf que cette année, il y avait eu beaucoup de neige dans l'Indre et elle était restée bloquée deux jours entiers chez elle.

– Deux jours, filleul ! (Papa s'appelle Michel, mais elle l'appelle toujours "filleul"...). Tu te rends compte ?

C'était facile à imaginer : Tante-Marraine est toujours sur les routes, dans sa Ligier*. Elle est présidente d'honneur du Club du 3e âge, des Donneurs de sang...

* Ligier : petites automobiles que l'on peut conduire sans permis.

Au moment de se mettre à table, Maman m'a fait un clin d'œil et je me suis installée à l'autre bout.

Jusqu'à 4 heures, Tante-Marraine a parlé de ses amis, de son "château roux". Comment elle avait élagué elle-même ses pommiers avec l'échelle double qu'un fermier lui avait prêtée à condition qu'elle vienne la chercher elle-même. (Elle a dessiné sur sa serviette en papier l'échelle attachée sur le toit de sa Ligier.)

Après, on a eu droit au ramonage, au début de l'hiver, de la cheminée d'un "pauvre vieillard". Avec Tante-Marraine, si on n'est pas debout à six heures tous les matins et si on a un rhume ou un peu de rhumatisme, on est vite un "pauvre vieillard."

Elle nous a expliqué aussi qu'elle s'était proposée pour se rendre au Mali donner un coup de main pour l'installation de pompes solaires, mais qu'on lui avait répondu «non merci, madame», que la chaleur est soi-disant difficile à supporter et que c'est comme ça qu'elle avait organisé sa première Nuit du tricot pour les enfants d'un village africain.

– On a récupéré 3 000 francs ! Tenez, regardez, a-t-elle dit en nous tendant un article de journal avec une photo.

A la fin, Maman a eu une idée géniale : elle s'est levée brusquement, un doigt en l'air en disant :

– Ah ! Téléphone ! J'y vais !

Moi, je n'avais rien entendu et les autres non plus. Il y avait un tel brouhaha dans la salle à manger...

Elle s'est absentée un moment et est revenue en annonçant :
– C'était Chloé qui demandait si tu pouvais aller aider au ramassage des vieux papiers, Juliette ; j'ai dit que ça tombait mal, que nous avions justement quelqu'un à la maison...
– Mais non, qu'elle y aille, voyons, si elle peut être utile !... a dit Tante-Marraine.

Dans l'entrée, Maman m'a expliqué en vitesse à voix basse que ce n'était pas vrai. Chloé n'avait pas téléphoné, mais je n'avais qu'à aller chez elle jusqu'à ce soir. Ainsi ça simplifierait le problème de la boucle d'oreille.

Je suis partie chez Chloé, qui était surprise de me voir. Je lui ai tout raconté : l'arrivée de Tante-Marraine, les boucles d'oreilles... Le plus dur, ça a été pour lui faire comprendre que c'était pas ma tante et pas ma marraine. A la fin, elle a dit :

– Ouais, c'est une sorte de grand-mère que vous avez adoptée, quoi...

– Oui, c'est ça !

Et on a parlé de ma nouvelle coiffure qu'elle a trouvé super.

Vers 7 h 30, il m'a bien fallu rentrer. Là, c'est Papa qui est venu à mon secours. J'avais à peine sonné que je l'ai entendu proposer à Tante-Marraine «d'aller faire un tour jusqu'au jardin public, si beau en ces premiers jours de printemps...» Elle était ravie. Moi, j'ai dit que j'étais fatiguée par tous ces paquets de vieux journaux à ramasser et à charger, et je suis restée toute seule à la maison.

Je suis allée dans la salle de bains. Il y avait les outils de Papa un peu partout et le tuyau du lavabo toujours à moitié démonté. C'était comme s'il me narguait, ce tuyau stupide. J'ai eu envie de lui flanquer un coup de pied, mais il aurait pu se venger en avalant un peu plus ma boucle et je ne l'ai pas fait.

Le soir, j'ai décidé de me coucher tôt. J'ai dû quand même aller dire bonsoir à Tante-Marraine et l'embrasser. J'ai eu à nouveau très peur, à cause de sa manie de me frictionner la tête. Maman, qui avait flairé le danger, est presque passée entre nous à ce moment-là avec un plateau de verres, et m'a dit bien fort :
– N'oublie pas de te laver les dents !
– Oui, oui Maman...

J'ai filé en plantant là Tante-Marraine, qui s'est extasiée :
– Quelle enfant adorable, et obéissante avec ça !

Le lendemain matin, dans la cuisine, Maman m'a dit d'enlever ma boucle d'oreille mais de garder la même coiffure, afin de ne pas éveiller les soupçons de Tante-Marraine qui, pour une fois, était encore couchée. Avant de partir pour l'école, je suis allée l'embrasser.

Cette fois, j'avais plutôt envie de rire, car Tante-Marraine installée dans mon lit rose au milieu de mes nounours et de mes posters, c'était d'un comique !...

Malheureusement, le lundi je n'ai classe que jusqu'à 3 heures et il m'a bien fallu rentrer. Je suis arrivée sur le palier en même temps que M. Boilot, un copain de Papa, qui m'a dit :

– Michel m'a téléphoné de venir enlever un truc dans un tuyau, que ta maman m'expliquerait...

Je lui ai fait «chuuut» et Maman est venue ouvrir en disant bien vite et bien fort :

– Ah, bonjour M. Boilot, vous venez terminer les travaux de plomberie, c'est bien ça...

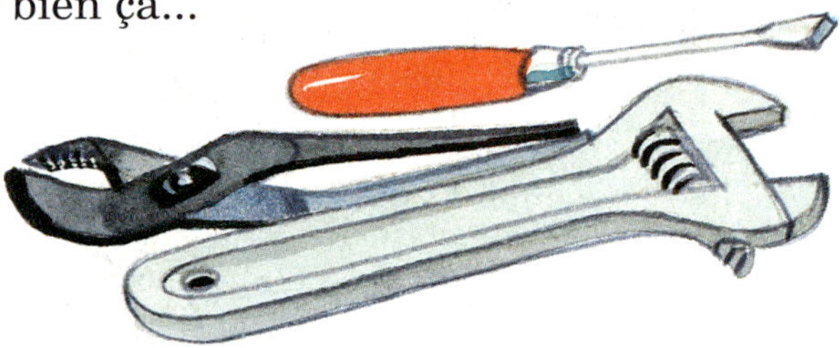

Et elle a poussé M. Boilot et sa boîte à outils en vitesse vers la salle de bains en lui lançant des coups d'œil qui voulaient dire : «C'est-la-boucle-d'oreille-de-la-petite-enfin-de-Tante-Marraine-qui-est-coincée-dans-le-tuyau-mais-il-ne-faut-pas-que-Tante-Marraine-l'apprenne.»

Moi, ça me paraissait simple, mais M. Boilot a eu un air étonné. A croire qu'il ne sait pas lire dans les coups d'œil. Il a commencé à démonter le tuyau en répétant cinq ou six fois : «C'est marrant ça...» Ce qui, d'après Papa, n'est pas bon signe.

Et en effet, pas longtemps après il est venu dire que «les boulons de fixation étaient tous rouillés et qu'ils pétaient dès qu'on y touchait».

Mais heureusement, plus c'est compliqué, plus il aime, M. Boilot. Papa dit qu'il l'a toujours connu en train de démonter quelque chose. A l'école, c'était les taille-crayon, les stylos, le parapluie de la maîtresse. Et puis après, les réveils, son vélo, sa moto, et même une auto-mitrailleuse quand Papa et lui étaient au régiment.

Maintenant, le dimanche quand il ne sait pas quoi faire, il démonte le moteur de sa voiture pour voir comment ça marche et il remonte tout, sans qu'il reste un seul boulon par terre. C'est vrai, je l'ai vu !

Alors, à la maison, dès qu'il faut poser un cadre, huiler une porte qui grince, réparer une prise, Papa sort ses outils, se tape une ou deux fois sur les doigts ou prend une décharge électrique et puis il dit :

– Boug'pas, j'vais appeler Boilot.

«Rouirr-rouirr» M. Boilot était en train de scier les boulons et de «Cling clang», enlever le tuyau quand «Ding dong», Papa est rentré.

Tante-Marraine, qui était dans la salle à manger, a posé son tricot pour embrasser son filleul. C'est à ce moment-là qu'on a entendu : «C'est pas à toi ça, Juliette ?», et M. Boilot est sorti de la salle de bains tout souriant, en tenant la boucle d'oreille.

Tante-Marraine a fait une enjambée de géante, ses yeux se sont agrandis et elle a sauté sur la boucle encore toute sale et toute mouillée.

– Ma boucle d'oreille ! a-t-elle crié en me regardant fixement. Mais enfin, Juliette, tu te rends compte ? Aller dans une salle de bains en travaux avec des bijoux !... Sans compter qu'elle aurait pu tomber dans le lavabo !

– Oui, oui, Tante-Marraine, je vais la ranger tout de suite...

M. Boilot n'a pas bien compris, mais il avait son tuyau à remettre et il est reparti sous le lavabo. C'est alors qu'il a dit :

– C'est marrant ça, écoutez . (Il a secoué le tuyau, Ploc ploc.) Il y a quelque chose là !

Heureusement qu'il n'a pas dit : «Il y a encore quelque chose.» Et avec un fil de fer, il est parti à la pêche dans le tuyau. On était tous là autour de lui.

Quand il a ramené un gros truc brillant et tout sale, on a entendu un immense cri.

– Ma bague ! ! Ma bague de fiançailles ! Et moi qui pensais l'avoir perdue pendant notre voyage de noces d'or, à Rocamadour. Si mon pauvre Louis voyait ça...

On ne savait plus quoi faire ni quoi dire. Tante-Marraine riait, pleurait.

M. Boilot a dit :

– Bon, ben j'termine et j'me sauve...

Mais Papa a annoncé :

– Non, Boilot. Tu termines, tu te laves et on va TOUS AU RESTAURANT !

Aubin Imprimeur, Poitiers – 01-1992
Flammarion et Cie, éditeurs (N° 16825) – Dépôt légal : juin 1991 – N° d'impression : P 39324
Loi n° 49-956 du 16 juillet 1949 sur les publications destinées à la jeunesse